Un mundo nuevo

Por

D.H. FIGUEREDO

Ilustrado por

ENRIQUE O. SÁNCHEZ

Traducido por

EIDA DE LA VEGA

LEE & LOW BOOKS INC. • *New York*

LEE & LOW BOOKS Inc., 95 Madison Avenue, New York, NY 10016
www.leeandlow.com

Printed in Hong Kong by South China Printing Co. (1988) Ltd.

Book design by Christy Hale
Book production by The Kids at Our House

The text is set in Weiss.
The illustrations are rendered in acrylic on paper.

10 9 8 7 6 5 4 3 2 1
First Edition

Library of Congress Cataloging-in-Publication Data
Figueredo, D.H.
[When this world was new. Spanish]
Un mundo nuevo / por D.H. Figueredo ; ilustrado por Enrique O. Sánchez ;
traducido por Eida de la Vega. —1st ed.
p.   cm.
Summary: When his father leads him on a magical trip of discovery through new fallen snow, a
young boy who emigrated from his warm island home overcomes fears about living in New York.
ISBN 1-58430-006-X (hc.)
[1. Emigration and immigration—Fiction. 2. Fear—Fiction. 3. Snow—Fiction. 4. Fathers and
sons—Fiction.] I. Sánchez, Enrique O., ill. II. de la Vega, Eida. III. Title.
PZ7.F488Wh   2000
[E]—dc21   98-53068   CIP AC

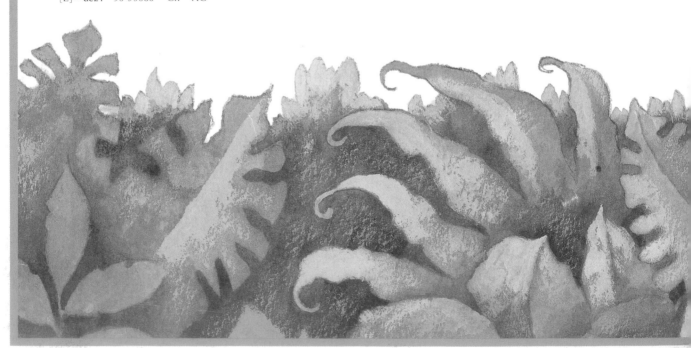

Para mi esposa Yvonne, mi hija Gabriela—y mi hijo Daniel,
que me animó a escribir esta historia—D.H.F.

Para Teresa Amelia—E.O.S.

Era nuestro primer día en este país. Mis padres y yo habíamos llegado la noche anterior de una isla situada en un océano tibio y lejano.

Tuvimos que tomar dos aviones.

El primer avión volaba muy bajo por encima de las aguas transparentes.
Yo miraba por la ventanilla los barcos debajo de nosotros. Vi grandes rayas
nadando cerca de la superficie del mar. Papá miraba por la ventanilla junto a
mí. Parecía preocupado. Mamá estaba callada.

Aterrizamos en un aeropuerto pequeño cerca de una playa, pero no nos quedamos allí. Subimos a otro avión. Era un jet. Volamos alto sobre las nubes y en medio de la noche.

Estaba entusiasmado, pero también nervioso.

Después de varias horas en el aire, aterrizamos en un aeropuerto enorme. Había cientos de personas que corrían de un extremo de la terminal al otro. Cargaban maletas, paquetes y cajas. No sonreían ni hablaban español.

Yo tomé la mano de mamá y la apreté con fuerza.

En la puerta, nos esperaba tío Berto. Cuando me vio, comenzó a lla-marme "Danilito, Danilito" y corrió a recibirnos. Se veía contento. Estaba solo en este país y le alegraba tener otra vez cerca a su familia.

Tío Berto nos llevó hasta su auto. Condujo por una carretera que era tan larga como la cola de un cometa. Los autos pasaban rápidamente a nuestro lado, como meteoros. Las luces que brillaban a través de las ventanas de los altos edificios me recordaban las estrellas de una noche caribeña.

Tío Berto hablaba de Estados Unidos. Le gustaba, pero decía que los inviernos eran muy largos y fríos y que podías caerte en el hielo y hacerte daño. Dijo que había que hablar inglés pero que no era fácil aprender un idioma nuevo. Y que "los americanos" eran buenos pero algunos no simpatizaban mucho con los extranjeros.

Yo era un extranjero. Y no hablaba inglés. Y no sabía cómo caminar sobre el hielo.

Tenía miedo.

Papá también estaba preocupado. Quería llevar a mamá al médico. Últimamente no se encontraba muy bien y siempre parecía triste y preocupada.

Papá le dijo a tío Berto que para ayudar a mamá necesitaba dinero. Para ganar dinero, necesitaba un trabajo. Pero, ¿cómo podría él encontrar trabajo en un nuevo país? ¿Cómo podría comprarle medicinas a mamá? ¿Cómo compraría comida para nosotros? ¿Y ropa? ¿Y cómo conseguiría el dinero para alquilar un apartamento?

Mamá asentía a medida que papá hacía esas preguntas. Tío Berto también asentía. Él le dijo a papá que todo se arreglaría. Era sólo cuestión de tiempo.

Tío Berto salió de la carretera para cruzar un puente. Bajó
por una rampa, luego condujo hacia arriba por una colina, y
otra vez hacia abajo por un camino que atravesaba un parque.
Entonces aminoró la marcha hasta detenerse frente a una casa.
Era una pequeña casa de madera. Estaba situada junto a un
claro en la pendiente de una suave colina.

Entramos. Había una sala, una cocina y dos dormitorios.
Todas las habitaciones estaban amuebladas.

Tío Berto señaló un montón de latas de comida que había sobre la mesa de la cocina. "Comida para una semana", dijo.

Nos enseñó un montón de ropa sobre la cama de uno de los dormitorios.
"Ropa de invierno", dijo.

Le dio la llave a papá.

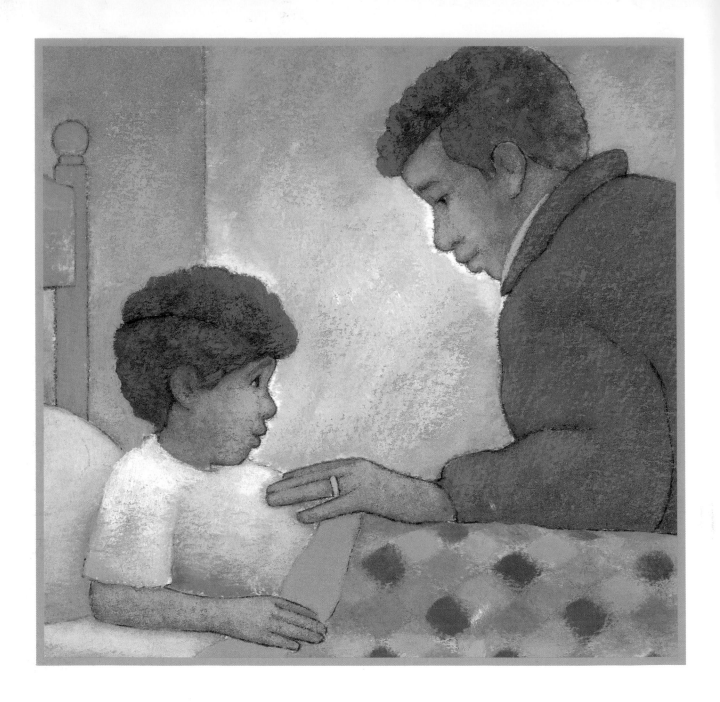

   A la mañana siguiente, papá entró en mi cuarto. "Danilito", susurró, tratando
de despertarme.

   Todavía estaba oscuro. La persiana de la ventana no dejaba ver hacia fuera.

   Me senté en el borde de la cama. Papá llevaba ropa que nunca había usado:
botas, pantalones gruesos, un abrigo, una bufanda.

Me ayudó a ponerme las botas. Me dio un abrigo, pero mis brazos no podían encontrar las mangas. Yo no estaba acostumbrado a usar ropa de invierno.

Todavía tenía miedo. Todo estaba sucediendo muy rápido. Era mi primer día aquí y ya tenía que ir a una escuela nueva donde nadie hablaba español. ¿Cómo le diría al maestro que tenía que ir al baño? ¿Cómo aprendería las lecciones?

Le dije a papá que yo no debía ir a la escuela. Pensé que tío Berto debía enseñarme primero algo de inglés. Pero papá dijo que yo era un buen estudiante y que aprendería igual en cualquier idioma. Entonces me dijo que quería mostrarme algo.

Me llevó a la sala y allí vi algo mágico que nunca antes había visto. Corrí hacia la ventana. Afuera flotaban en el aire millones de blancos pétalos de rosa.

"Nieve", dijo papá.

Se abotonó el abrigo y abrió la puerta. Yo lo seguí.

Los escalones, la acera y la calle no se veían, habían desaparecido bajo un polvo blanco y fino como el azúcar. Los autos estacionados se habían convertido en osos polares. No se escuchaba nada. Todo estaba quieto, excepto la nieve que caía.

Papá caminó por la acera. Pensé que resbalaría pero no fue así. Bajé los
escalones y mis pies se hundieron suavemente en la nieve.

Eché la cabeza hacia atrás. Los copos me caían en la cara y se derretían
en las mejillas. Papá ahuecó las manos e hizo una pelota con la nieve.

La lanzó hacia una señal de la calle. No acertó ni lo volvió a intentar. No tenía guantes y las manos se le enfriaban.

Se dirigió hacia el terreno que estaba junto a la casa. En el silencio de la nieve, caminó con dificultad.

El terreno se elevaba poco a poco. La nieve que caía era tan blanca y pura
que parecía que un pedazo de nube hubiera descendido sobre la tierra.

Papá comenzó a caminar hacia la cima de la colina. Yo caminaba junto a él.

Mi padre respiraba fuerte y el vapor le salía de la boca. Su nariz estaba roja
y brillante. Tenía la cara húmeda como si lo hubiera salpicado una ola. Parecía
que estuviéramos caminando sobre una duna de arena, pero mucho más fría.

La subida nos cansó. Teníamos los dedos de los pies helados. Hasta ese momento no habíamos mirado hacia atrás ni hacia abajo. Nos volvimos y miramos el campo nevado. Sobre la nieve blanca y clara se dibujaban nuestras huellas. Las primeras eran torpes y torcidas hacia un lado. Pero las demás eran firmes y profundas, un par de huellas más grandes que las otras.

Papá estudió sus huellas. "Esto es algo que siempre quise hacer", dijo.
Rodeó mis hombros con su brazo y permanecimos juntos, de pie, mi cuerpo recostado al suyo. No nos movimos, como si estuviéramos congelados. Las suaves marcas que habíamos dejado sobre la nieve se extendían ante nosotros, un enorme trazo sobre la superficie de un amplio pergamino.

El sonido de una bocina se oyó detrás de la casa. Era tío Berto en su auto.

Los vecinos comenzaban a salir. Las palas raspaban la acera. Se escuchaba el ruido de los motores de los autos al encenderse.

"Tenemos que irnos", gritó tío Berto.

Papá y yo volvimos a casa para decirle adiós a mamá. Nos sorprendió ver que no estaba durmiendo, sino de pie junto a la ventana. Y sonreía. Era la primera vez en mucho tiempo que lo hacía.

Abrazó a papá. Luego me besó.

Papá y yo subimos al auto. Tío Berto dijo que primero me llevaría a la escuela y después llevaría a papá a una fábrica donde necesitaban obreros.

Mientras el auto de tío Berto pasaba junto al campo, pude ver nuestras huellas en la nieve. Papá, sentado en el asiento delantero, también las miraba. Se volvió hacia mí y sonrió. Yo también le sonreí.

Yo seguía asustado.

Pero ya no tanto.